AF399658

Jesper och Annika

Jag Jesper som skojare
Annika på flykt — i Berlin

Jan Eric Arvastson

ISBN 978-91-8057-359-7

© 2023 Jan Eric Arvastson

Författare: Jan Eric Arvastson

Hemsida: www.arvastext.se

Omslag: Christer Wallgren/WMC

Illustrationer: Selena Jeseničnic Christel Spangenberg, Jens Arvastson (teckningar i inlaga och på omslag).

Bilder från Pixabay, bearbetade av Christer Wallgren/WMC

Produktion: Christer Wallgren/WMC

Förlag: BoD – Books on Demand, Stockholm, Sverige

Tryck: BoD – Books on Demand, Norderstedt, Tyskland

Utgåva från ArvasText

V1.03 – 2023-01-04

Vart ska vi åka?

Min pappa, Bosse, hade redan bestämt var vi skulle semestra i år. Om man nu kan kalla det semester. Meningen är att min syster Annika och jag ska lära oss något på de här resorna. Mamma med. Pappa kan redan så mycket. Åtminstone tycker han det själv.

Min pappa är som han är. Jag heter Jesper. Men vi gillar honom ändå. Annika och jag och min mamma, som heter Lotta.

Jesper

Den här gången skulle vi inte åka bil från Sverige. Det berodde på att pappa gärna hade velat ta bilen över Öresundsbron. Men det var dyrt. Så då flög vi i stället. Billighetsflyg.

Mamma visste förstås vilket ställe vi skulle resa till. Men för Annika och mig höll pappa inne med det ett tag. För att få oss nyfikna. Han sa:"Rakt igenom den stora staden byggdes en mur. Det var för att hindra människor som bodde i den ena delen att ta sig över till den andra."

Mamma Bitte

"Varför reste folk inte en stege och klättrade över?" undrade min syster Annika. Hon är rätt snabb i skallen, då och då. Andra gånger fattar hon ingenting.

Annika

"Eller grävde ett hål och kröp under?" frågade jag. "Vad är det för stad?"

"Den vi ska göra vår semesterresa till. Har mamma och jag bestämt."

"Jag hoppas det är nånstans där man kan ligga och sola sig", gnällde Annika.

Jag hoppade upp och sa:

"Dom som ställde upp den där muren, förstod dom inte hur jävliga dom var mot dom andra?"

"Jesper, du får inte använda såna ord", sa mamma strängt.

Pappa Bosse

"Det var inte bara den saken", sa pappa. "Det var hela …politiken."

"Ja men vad är det för stad, då?" frågade Annika, och fortsatte låta lite gnällig.

Jag frågade igen: "Varför klättrade dom inte över muren, dom som ville sticka? Eller grävde en tunnel?"

"Staden heter Berlin", talade mamma om. Äntligen!

Faktaruta Berlin

Andra världskriget kallas ett stort krig mellan 1939 och 1945. Tyskland började det,med sin diktator Adolf Hitler och nazistiska partiet i spetsen. Tyskland förlorade kriget. Segrarna, de allierade,var främst USA, Englandoch Ryssland, som då hette Sovjetunionen. De ville efteråt hindra Tyskland från att börja nya krig. De gjorde detgenom att dela landet i två delar. Samt låta lilla Bonn i väst blitysk huvudstad, i stället för stora Berlin i öst. Som dessutom var nästan helt förstört av bomber.

Över västra delen av landetfick USA och England ha översikt, över östra delen ryssarna.Också Berlin delades upp i två: Sovjetunionen tog östra, de allierade västra delen. För säkerhets skull byggdesedan ryssarnaupp en mur som skilde stadsdelarna åt.En följd av uppdelningen blev att många tyskar försökte fly från de ryska kommunistiska delarna till friheten i väst.

Men efter många års övervakning kunde tyska folket återfå sin frihet ochhela sitt land tillbaka.Berlinmuren revs 1989.

Sedan dess har Tyskland utvecklats till en av destadigaste demokratiernai världen. Berlin i sin tur till en riktig huvudstad igen. Gäller både politik, kultur och finanser. Många vittnarockså omatt man i dag kan trivas gott i staden.Både som vanlig "Berliner", berlinare, och som turist.

Pappa sa med allvar i rösten:

"Ni förstår. Klättra över eller gräva sig under muren var farligt. Dom som åkte fast, fick hårda fängelsestraff. De kunde till och med bli skjutna." Han la till: "Ändå var det många, många som tog risken."

Det var fullt på alla hotell inne i Berlins centrum. Så vi hade rum på ett pensionat lite utanför. I en stadsdel som heter Köpenick. Men den är fin. Inte bara gator och betong, utan vattendrag och skogsstigar också. Som en by i Sverige, ungefär.

Köpenick är berömt, för en alldeles egen historia. En skojares och bedragares historia.

"Ska ni höra den?" frågade pappa vid frukostbordet.

"Usch", sa mamma. "Jag vill inte att du ska berätta för barnen om bedragare. Finns det inga ärliga fina människor att prata om?"

"Den här skojaren var inte ärlig", sa pappa. "I så fall vore han ingen skojare. Men fin var han – i sin flotta uniform."

"Du kan inte dra den nu, Bosse", sa mamma. "Vi har inte tid. Det får du göra sen."

Badutflykt med guldsmak

Den här dagen i Berlin skulle bli mycket varm. Mamma ville promenera i stan, "se på folk". Gå på det berömda kaféet Kranzler och äta bakelse. Det hade pappa inget emot. Jag röstade för glass. Annika ville förstås doppa sig nånstans, och sola. Det blev en kompromiss.Först Kranzler, sedan ut till närmaste bra bad.

"Guld", sa Annika. Hon visste inte hur rätt hon skulle få.

Efter kaféet med bakelser och glass satte vi oss på S-Bahn 47 och åkte till Bad Plötzensee i stadsdelen Wedding. Wedding betyder "bröllop" på engelska. På tyska vet jag inte.

"När ska du gifta dig?" frågade jag Annika.

"Aldrig", fnös min syster. "Jag hatar killar!"

 Jo, så låter det nu.

Jag simmade runt lite. Provdök med ögonen öppna. Vattnet var klart också. Jag tog några kraftiga simtag och flöt fram därunder. När man vande sig lite, var det skönt att undervattenssimma med öppna ögon. För då såg man ju nånting! Annika hade aldrig ögonen öppna i vattnet.

Det kan ju komma en gädda och bita i dem, som hon sa.

Jag klev upp på stranden och sjönk ner på filten bredvid de andra. Mamma hade redan varit i och hade glittrande vattendroppar på huden. Annika hade sprungit upp och ner fortare än blixten och låg nu utbredd i solen. Hon trodde kanske att det var Mallorca, tänkte jag. Pappa hade visserligen bytt om. Men satt bara och tänkte. Eller vad han gjorde.

Ingen sa nåt. De blundade och kisade mot solen. Jag tröttnade på sällskapet och drog på mig sandalerna. Det kunde vara roligare att gå runt och titta lite.

En bit bort fanns solstolar. Stora, som bänkar. De var snygga. Jag provsatt i en som var tom. Efter en stund fick jag träsmak i baken och fortsatte. Jag gick bort mot tennisbanorna, för att se om någon spelade. Ibland hade jag drömt om att bli tennisstjärna, som Björn Borg eller Boris Becker. Inget spel på banorna.

Nu skymtade gravstenar och kors. Annika skulle ropa: Hu!Men jag var inte rädd för dem. Mormor brukade säga: Gå in och titta! Kyrkogårdar är mer lärorika än spöklika.

Det fanns en kanal strax intill. Längre bort på den tyckte jag att jag såg en sluss. Strax intill mig i kanalen låg en stilig motorjakt för ankar. Den intresserade mig.

Där fanns också en pojke, jag tror i min egen ålder. Han verkade lite mysko. Eller såg jag fel? Pojken stod lutad över en papperskorg, som om han försökte dölja vad han gjorde. Men jag kunde inte undgå att se att han hade ena handen därinne. Rotade omkring. Var pojken en tjuv som försökte stjäla något? Jag gillade inte tjuvar. Det gjorde inte min pappa heller. ”Vad ni än gör”, hade han sagt många gånger till mig och Annika, ”bli inte snattare. Jag avskyr att höra talas om ungar som sticker in i butiker och snor saker. Trycker att dom är duktiga. Och tror att dom har rätt till det!”

Jag tänkte att jag inte bara kunde ställa mig och ropa: ”Låt bli det där!” till pojken. Han såg större och starkare ut. Jag kunde få mig en smäll. Trots att vi inte var ensamma. Runtomkring sprang folk, med badväskor och utan.

I stället fick jag ur mig: ”Vet du nånting om … båtarna här? Den som ligger där borta till exempel, tycker jag är häftig. Den skulle jag vilja vara kapten på!”

Pojken vände sig om. Han hade kolsvart hår men var ljus i hyn. Svarta ögon tittade forskande på mig. Som om pojken ville ta reda på, vad jag egentligen hade i kikaren.

"Jag heter Jesper", sa jag. "Svensk Tioochett-halvt. Är du tysk?"Jag försökte prata engelska. För jag var inte säker på att tyskan räckte till. Den jag hade snabbpluggat extra innan vi kom i väg.

"Jag är Ali", sa killen. "Jag hade just tänkt gå och...titta lite närmare på den där båten. Om du vill… Jefser. Jag vet en del om den..."

Nu såg jag att Ali hade tre tomma läskflaskor i händerna. Och att det fanns fler i den tygkasse han hade över axeln. Av utputningarna att döma.

Ja jag tyckte verkligen att alla båtar av det här slaget var spännande. De var både snygga och såg snabba ut. Den här var full med glittrande guldglänsande metallbeslag. Hade skarp för och styrhytt med tillbakalutande vindrutor. Bakom skymtade en kommandobrygga, med en kraftig ratt. Allt tydde på lyx och fartresurser.I aktern vajade en flagga, som jag inte kände igen.

"Hon heter 'Saha'", förklarade Ali. Han hävde ur sig en massa detaljer om båten – som var av typen yacht / *uttalas jåt/* och dess *prestanda.*

Som i sin tur betyder vilken kraft och fart och styrka båten har.

Kunde det vara Alis pappa som ägde den? Nej det gick inte ihop.

Som om han läst mina tankar sa Ali: "Borta i Mellanöstern finns ett land som heter Quasadi. Kronprinsen i landet äger yachten. Han är inte min pappa om du trodde det. Min pappa är visserligen också från Quasadi. Men vi är fattiga och har dessutom fel tro. Så – vi är flyktingar här i Tyskland. Vi har kommit hit för att börja ett nytt liv..."

Ali och jag stod på kajen men så nära fartyget att vi kunde se hur folk med glas och tallrikar i händerna kom ut på däck och slog sig ner vid bord och i vilstolar. Eller stödde sig mot relingen, båtens skyddsräcke.

Jag frågade: "Och varför är du här, Ali. Utanför kronprinsens flotta yacht?"

"För att jag... tänkte försöka tigga lite ...!"utbrast Ali häftigt. "Du fattar förstås inte ... Kräva en slant Av Ibn-al-Hussein och hans sällskap. Som alltid nästan är ute på lyxkryssning. Min familj har ingenting. Men han rik!"

Just då verkade något blixtra till i solen utanför fartygssidan och falla.

"Jag tänkte...", sa Ali, "att kronprinsen. och jag är ju landsmän. Att han kunde hjälpa oss..."

"Jag tror det var nåt värdefullt som föll ner över relingen", ropade jag. "Vi hoppar i..."

"Jag gillar inte vatten!" sa Ali skrämt. "Det är inte hälsosamt därnere...Det går inte..."

Men jag kunde simma. Var dessutom redan badklädd. Avståndet mellan båten och kajen var ungefär en och en halv meter. Det borde inte finnas någon risk. Tänk om det var ett riktigt guldmynt...?I nästa ögonblick hade jag hoppat – med fötterna före förstås!från kajen och var djupt under vattnet.

Grabben, Ali, hade rätt. Ingen hälsosam miljö. Det fanns gott om skrot under mig. Rostiga tunnor, järnstänger – till och med ett bilvrak. Vattnet var grått och dyigt. Inte alls lika grönt och skönt som det jag hade simmat i för en stund sedan. Jag kände mig lite skrajsen, faktiskt.

Sikten var inte bra, heller. Jag tyckte mig skymta bottnen ett par-tre meter ner. Jag visste att jag kunde hålla andan i två minuter och 15 sekunder. Om jag skulle ner och rota på bottnen, fick jag skynda mig. Framför allt akta mig för att fastna i något.

Men nu hade jag tur. Det som jag sett blixtra i luften och falla ner var inte något guldmynt. Utan en ring! Och den hade inte sjunkit till bottnen. Den hängde en bit framför mig, uppspetad på bromshandtaget till en hopknycklad rostig cykel.

När jag kom upp ur vattnet, stod en besättningsman och tittade ner från däck. Han hade fin ljusgul uniform och skärmmössa på huvudet.

"Vem är du som simmar runt mitt fartyg utan lov?"

"Goddag ", sa jag. "Hur står det till själv? Jag heter Jesper. Och är från Sverige. Och du?"

"Jag är kaptenen på 'Saha', kronprinsens av Quasadi motorjakt. Prins Ibn-al-Hussein ber dig komma ombord. För att få veta om..."

"Jag har också nånting att fråga honom om", sa jag. Jag hann inte ens be om en handduk att torka mig med, förrän jag fördes ner i kronprinsens kajuta. Han var också stilig.En ung herre i vita kläder som såg ut som lakan och huvudduk med svart band omkring. Men han såg inte lycklig och kunglig ut. I stället nästan gråtfärdig.

"Jag har förlorat min dyrbaraste ägodel", sa han. "Utan den får jag aldrig regera i mitt land!

Den bara halkade av mitt finger när jag hängde vid relingen. Det skulle jag aldrig ha gjort.Du, pojke, råkade händelsevis inte få syn på den, när du kajkade runt därnere…?”

”Menar du den här?” sa jag och halade upp ringen med alla de fina diamanterna och andra ädelstenarna på. Som jag hade fått tag på och stuckit ner i den lilla fickan med blixtlås på bad-byxorna.

Kronprins Ibn-al-Hussein blev alldeles röd i an-siktet. Och – slog ifrån sig! Han ville inte ta emot ringen!

Jag kände mig orolig. Hade jag gjort något fel, eftersom fursten inte ville ha sin ring tillbaka?

Men där kom det. Ibn-al-Hussein sa att jag måste ta emot nånting av honom i stället. En gengåva. Det var seden i hans land. Han und-rade till exempel om inte jag och hela min familj skulle vilja följa med tillbaka till hans rike. Göra honom den stora glädjen att gästa hans slott. Hela nästa månad.

Jag tänkte på pappa och mamma, som snart måste hem och börja jobba.

”Det går nog inte”, sa jag. ”Jag är ledsen för det.”

Kronprinsen mörknade lite vid svaret. Men han var inte arg. I stället skickade han i väg en tjänare eller en sjöman in i nån annanstans därnere.Han kom tillbaka med en påse av läder, som såg tjocksmockad ut.

När kronprins Ibn-al-Hussein av Quasadi hade tackat färdigt och jag stod på kajen igen, med påsen jag fått i handen, kom jag ihåg Ali.Honom hade jag faktiskt inte glömt bort, i all uppståndelsen. Jag gav mig av för att leta. Efter en stund fann jag den quasadiska pojken – återigen med händerna nerstuckna i en papperskorg.

"Fick du tag i nån – och kunde be om lite cash?" frågade jag, lite fräckt.Men jag var fortfarande rätt stolt över mig själv. Dessutom med kalla badbyxor, och blöt i håret.

"Inte en chans", svarade Ali. "Dom hängde ju allihop kring dig!"Han skrattade till, lite bittert. "Men det gör ingenting. Jag har minst 25 tompavor nu..."

"Här", sa jag och öppnade läderpåsen. En tjock bunt eurosedlar sprätte fram. "Hälften till dig, Ali. Hälften till mig!"Ali gjorde stora ögon.

"Men", fortsatte jag, " – som heter Jesper och inget annat! – vill att vi ska *konversera* ibland, du och jag, Ali. Ta lite av pengarna och köp dig en begagnad mobil. Jag har en också. Så kan vi

messa till varann i fortsättningen. Minst en gång
i veckan..."

Snart hade jag och Annika, mamma och pappa
sett en massa saker. Mitt i stan står en kyrka,

som kallas Gedächtniskirche. Egentligen Kaiser-Wilhelm-Gedächtniskirche, efter en kejsare som hette Wilhelm. Det särskilda med kyrkan är att tornet är avkapat. Det syns tydligt. Högst upp skulle en tornspira ha suttit. Men den är borta.

"Varför har dom slagit av tornspiran?" undrade Annika. "Och inte satt dit den igen. Det verkar ju inte klokt!"

Pappa vände sig mot henne.

"Hur brukar du göra, Annika, när du ska låta bli att glömma saker? Knyta en knut på näsduken?"

"Nu är du dum, pappa", sa Annika. "Jag skriver in dom i filen 'Komma ihåg' i min dator."

"Och sen glömmer du dom", svarade pappa. "För du ser dom inte. Därför är det bra med en knut på näsduken. För knuten ser man."

"Är tornspiran som inte finns en sorts knut på näsduken?"

Pappa nickade. "Kyrkan fick en bombträff under kriget. Och nu sätter inte berlinarna tillbaks tornspiran. För att dom alltid ska komma ihåg, att det inte ska vara mera krig."

Vi hade pratat i familjen innan vi åkte, om Berlin. Då hade förstås talats om att staden hade bombats mycket på 1940-talet. Under det stora krig som kallades Andra världskriget. Och om Tysklands diktator då, Adolf Hitler, som hade orsakat landet så stor olycka. Annikas och mina lärare tog upp det i skolan ibland, också. Men vad alltihop handlade om, begrep vi väl inte riktigt.

"Det kapade kyrktornet, och muren som byggdes genom stan, och Andra världskriget – hör dom ihop?" frågade jag.

Pappa nickade. "Ja det kan man säga. Så här var det..."

Mamma drog av sig servetten. "Det där kan du inte berätta nu, Pappa. Då blir vi sittande här hela dagen!"

"Ja men...", försökte pappa. "Det är ju därför som..."

Mamma reste sig. "Nu ska vi ut på stan. Vi är ju här för att titta på den? Jag vill se Brechts berömda teater. Och Unter den Linden, den stora gatan.Torget Alexanderplatz, också – med sin fantastiska fontän. Kanske åka upp i TV-tornet. Djuren i Berliner Zoo. Jag behöver se några söta apor och en eller annan stilig tiger. Björnar, kanske. Vet ni att björnen är Berlins stadsdjur – fast det inte finns en enda livslevande på stan?"

"Utlänningar tror att Stockholm är fullt av is-
björnar på gatorna", svarade Annika. "Men
gudskelov finns inte en enda."

"Gottseidank", sköt pappa in.

"Vad?"

"Vi måste öva oss lite på tyskan, också. Guds-
kelov heter Gottseidank. Har ni sett och tänkt på,
hur många ord som är lika på svenska och tyska?
Massor som är precis desamma! En svensk kan
lätt lära sig läsa tyska. Bara han ser upp lite med
grammatiken."

"Men dom pratar ju så fort här", klagade An-
nika. "Dom sväljer halva orden, nästan. Man
hinner inte med!"

"Så är det", sa mamma. "Men försök lägga hu-
vudet på sned och säg 'Var snäll och ta om det
där en gång till, lite långsammare'. På tyska,
förstås. Då gör dom det.Dom är mycket artiga
och vänliga här i stan. Mot turister…"

Mamma läste i guiden. "Det finns ett Zoo och
en Tiergarten. Tiergarten betyder ju också zoo.
Finns det två?"

"Nej", sa pappa. "Tiergarten är en park. Där
man kan sitta och dricka gott kaffe. Zoo är inte
så viktigt. Alla djur finns ju på TV nu. Men

muséet om Muren – det ska vi besöka. Så fort
jag blir lite bättre i fötterna.”

Skojaren i Köpenick

Vi hade lämnat Berlins centrum – eller Stadtmitte som de säger. Åkt till Köpenick, där vi bodde, och bänkat oss för en fika på en uteservering i Gamla stan.

Pappa pekade på en stor tegelbyggnad intill. Rådhuset.

"Kommer ni ihåg skojeriet jag pratade om? Det hände där inne."

"Nej!" ropade mamma.

"Jo", sa pappa. Världens första *köpenickiad*. Författaren Zuckmayer skrev en pjäs om historien. Den har spelats i Sverige också.Zuckmayer kallade den en saga. Men det var ingen saga. Det var verklighet, och skojarens namn var skomakare Wilhelm Voigt.Men hur det hela verkligen gick till, vet ingen säkert. Får jag berätta nu?"

"Ja", ropade jag. Berätta!"

Men jag vet egentligen aldrig vad pappa sa. Kanske somnade jag, och drömde i stället.

Jag jobbade i min verkstad. I min grå trasiga arbetsrock, som vanligt. Jag tittade mig runt i lokalen. Mörk, trång och trist. Det enda goda var doften, av smörja och läder. Förtjänsten var dålig också. Det fanns för många skomakare – och för få fötter att räcka till alla, suckade jag.

Jag, Jesper Wilhelm Voigt, som var byns stiligaste karl, med breda axlar och örnnäsa. Skulle jag aldrig få klä mig stiligt, också? Roa mig? Resa någonstans?

Jag började håglöst skära till svart läder för en stövel. Kanske skulle det komma någon senare på dagen och beställa ett par. Då var det bra att ha lite förarbete gjort.

Pinglan på verkstadsdörren klingade. Men det var ingen kund som kom. Utan Ljubljana, sömmerskan från andra sidan gatan. Jag tror hon är lite förtjust i mig.

Nu frågar hon:

 ”Jesper Wilhelm. Ska vi inte ta ett glas sekt och en liten wurst till frukost?”

Visst är Ljubljana rätt söt, med sina blixtrande ögon och stora knollriga hår. Men jag tackar alltid nej. Jag har inte råd att gå ut och äta på arbetsrasten.

 Jag har med mig en bit bröd hemifrån, och en flaska med surt vin står alltid på hyllan vid pligglådan. Ljubljana har förresten inte råd heller.Hon kan sy fina kläder, jag har själv sett det. Men de små pengar hon tjänar får hon för att ändra och lägga ut det folk redan har, inte sy nytt. Hon är också fattig. Jag vill inte gifta mig fattigt.

Nu kommer jag på en idé. Jag har länge tänkt på att lura någon rik träskalle, och på så sätt komma över pengar. Få honom att tro att jag var en högt uppsatt person, som måste åtlydas vad jag än befallde.

Om jag till exempel hade en elegant uniform gick det nog mycket lättare.

"Ljubljana", sa jag. "Ifall jag bjuder dig på vin och korv, syr du mig en uniform då? Då ska förstås få betalt för den senare."

Ljubljana sa glatt ja. Jag skulle komma nästa dag till hennes lilla syateljé, för att ta mått. Hon frågade: "Vad ska det vara för sorts uniform?"

"För en kapten vid kavalleriet. Med så mycket guld, så stora axelklaffar och breda röda band som möjligt."

"Vad ska du ha den till, Jesper Wilhelm?"

”Jag ska bli officer, förstås”, sa jag. ”Djärv och tapper.”

”Men du får inte glömma mig! ropade Ljubljana. ”Lova mig det.”

Jag kunde inte lova något. Jag var ju en skojare. ”Nej aldrig”, blev mitt svar.

Under tiden Ljubljana sydde, funderade jag. Och när uniformen var färdig, var också min plan klar.

Inte långt från min by låg en stad. Inte så stor men rik och fin. Jag hade ibland varit där och försökt sälja egen tillverkning. Men utan framgång. Någon hade rent ut sagt, att mina skor var för simpla för dem.

Stadens namn var Köpenick. Där fanns ett vackert rådhus. Från det hade jag ibland sett borgmästaren komma ut. Han var klädd i pudrad peruk, eleganta kalvläderstövlar med tofsar och sammetsrock, Han omgavs av bugande tjänstemän. De såg alla dumma och lättlurade ut, särskilt borgmästaren själv.

Uniformen var klar. Den var mycket stiligare än jag vågat tro. Jag tog den på mig, och Ljubljana suckade av förtjusning.

Köpenick Rådhus

Men ur ateljéns bakrum kom nu två stora svartskäggiga karlar. De hade samma blixtrande ögon och stora knollriga hår som Ljubljana själv.

"Det här är mina bröder", sa Ljubljana. "Aleksej och Kolja." Hon blinkade. "De följer med dig, Jesper Wilhelm. När du får ut din första lön, ger du dem det jag ska ha för uniformen."

Hon hade likaså sytt varsin uniform åt bröderna. De var snygga, de också. Även om de inte var så fina som min.

Jag hade inte trott att Ljubljana skulle vara så listig. Jag bleknade. Jag ville ju "hälsa på" hos borgmästaren i Köpenick alldeles på egen hand...

Snart visade sig, att Ljubljanas bröder var minst lika stora skojare som jag.

Det var inga svårigheter att komma in till borgmästaren. Rådhusets port var uppslagen. Varje dag tog han emot missnöjda och klagande stadsbor i sitt ämbetsrum.

När vi kom in på borgmästarens kontor, körde Aleksej ut alla andra som väntade därinne.

"Borgmästarn. Vår kapten vill tala med er en-
sam. Det gäller statshemligheter."

Det där med statshemligheter var Aleksejs egen
idé. Han stannade utanför och vaktade, så att
ingen kunde komma in. Kolja och jag stängde
dörren och vände oss till borgmästaren.

"Ni har en stadskassa?" frågade jag.

"Ja", svarade borgmästaren. "I källaren. Den är
bevakad av fem man."

"Jag är kapten Jesper Wilhelm Mott (jag uppgav
ett falskt efternamn) vid kejsarens livhusarer.
Jag är här på majestätets order", sa jag. "Det är
fara för landet. Armén måste upprustas. Alla
tillgängliga pengar ska genast föras till slottet."

"Nej men kapten …", försökte borgmästaren in-
vända. Då sa Kolja:

"Om ni vägrar, borgmästarn, blir ni satt i fäng-
else."

Det var Koljas eget påhitt att säga så. Men det
fungerade. För borgmästaren blev rädd. Han
kallade på skattvakterna. Borgmästaren befallde
dem att ordna fram en vagn, förspänd med fyra
hästar. Den skulle ställas framför rådhuset, och
fyllas med allt som fanns i kassavalvet.

Jag stod och tittade på. Klappade mig triumferande på uniformsbröstet. Skatten som lastades i bestod av minst tjugo lådor, både stora och tunga!

Efteråt tog bröderna och jag in på ett värdshus. Jag gav dem en börs med guldmynt. Sa att den var till deras syster, som lön för uniformen.

Bröderna protesterade, och tittade hotfullt på mig. De menade att de skulle ha mer. Minst hälften av allt guldet.

 Jag låtsades tänka över saken ett tag.

"Ni får två tredjedelar av alltihop när vi kommer tillbaka till byn", sa jag. "Gå nu och vila er lite. Drick sekt och ta några korvar till."

Vad en skojare säger, kan man inte lita på. När de hade ätit, druckit och somnat, tog jag vagnen och körde bort. Till ett annat land, ett litet i fjärran som heter Luxemburg. Det var för att bröderna inte skulle hitta mig. Där levde jag, Jesper Wilhelm Voigt, sedan resten av livet. Men jag var aldrig riktigt glad.Det var inte särskilt roligt att vara skojare och bedragare, ens med källaren full med guldpengar. Kanske saknade jag Ljubljana också, lite grann.

Nu skulle vi allihop i väg till den gamla gränsövergången Checkpoint Charlie, och muséet som fanns där. Det hade ju pappa talat om hela tiden.

Vi hade veckokort till stadstrafiken. Det betydde att kunna åka både bussar, spårvagnar och tåg utan att skaffa ny biljett varje gång. De underjordiska tågen heter U-bahn, de andra S-Bahn. Med dem kom vi till stationen Friedrichstrasse. Muséet låg i närheten.

Det skulle bli lätt att hitta, påstod pappa. Han hade varit där en gång, som ung. Men vi gick vilse, förstås. För det såg ju inte likadant ut som när han såg det förra gången, för sådär hundra

FAKTARUTA
Östberlin och Checkpoint Charlie

Invånarna i östra Tyskland ochöstra Berlin stod efter andra världskrigets slutunder segrarmakten Sovjets kontroll. Och det var länge absolut förbjudet för tyskarna att lämna ryska zonen. Ändå ville väldigt många det, trots risken att bli fängslad eller till och med skjuten. Många olika sorters flyktmöjligheter prövades. Allt från att gräva sig under murengenom Berlin eller något hus vid gränsen. Eller segla över med hjälp av olika sorters plan eller ballonger.Man gömde också folk i bilar och tog dem förbi vakterna på det sättet. En berömd passage mitt i Berlin under den tiden hette Checkpoint Charlie. Via den försökte många flyktingar komma in i väst.

år sen. Pappa fick till på köpet ont i fötterna igen. Husen var omgjorda. Och själva Checkpoint Charlie mindes han som en jättestor vaktkur. Nu stod där bara en liten stapel med sandsäckar.

Vad betydde Checkpoint Charlie egentligen?

"Gränsövergångskontroll", sa pappa. "Det har jag ju sagt. På den tiden var här fullt med soldater och poliser. Kraftiga bommar över gatan.

Stoppskyltar. Ni förstår – på ena sidan låg ena halvan av stan. Det var Östberlin.Den hörde till Sovjet, det ryska herraväldet. Den andra halvan, Västberlin, styrdes av USA, England och Frankrike. Men det var förstås vanliga tyska människor, som bodde i båda halvorna. Ifall folk behövde gå emellan, måste de passera en gränskontroll. Det fanns flera sådana kontroller. Checkpoint Charlie var den största och viktigaste. Jag gick över där.”

”Varför skulle du över, pappa?” undrade Annika. ”Du bodde väl i Sverige?”

 Pappa suckade, som om det var svårt att förklara.

”Vi åkte hit från Sverige, ett gäng studenter. Ifall vi fick passera Checkpoint Charlie, skulle vi vara i öststaterna. Där hade de ett särskilt sätt att leva, efter en politik som kallas kommunism. Vi var nyfikna. En del ansåg att i kommuniststaterna var det rättvisare än i Sverige och väst. Några av mina studentkompisar trodde också det. Kom vi bara över till Östberlin kanske vi kunde se med egna ögon, och fatta, tänkte vi. Om kommunismens värld var bättre än den vi själva levde i.”

”Kom ni över?” sa mamma.

Pappa nickade. "Ja det sa jag ju."

"Och hur var det då?" frågade jag ivrigt.

"Nog var det skillnad", sa han.

Annika ropade:

"Hur då? Var det häftigt inne i kommunismens land?"

Pappa pekade. Vi hade vi hittat Checkpoint Charlie. Och alldeles intill låg det vi hade kommit för, muséet om Berlinmuren. Jag skulle få se med egna ögon, om muren verkligen hade varit så svår att klättra över. Eller krypa under.

Nu fick jag anledning häpna. Vilken folkmassa! Mot ingången ringlade sig en kö, minst femtio meter lång. En del anser ju muséer trista. Men här var mängder av folk som tydligen tyckte annat. Flera charterbussar stod utanför, också.

Till sist kom vi in. Vilket roligt golv! Vilka härliga trappor!Men de var inte huvudsaken.

Utan Muren. Muren – och alla berättelser om folk som hade lurat den.

"En killes pappa hade en stållina och en vinsch.
Den linan spände han upp mellan öst och väst.
Och sen tog han sin son på ryggen och vin-
schade sig över till friheten! Smart!""Jesper, ser

du den där shoppingbagen? Det är den riktiga! I den gömde en mamma sin lille pojke och smugglade honom från Öst till Väst-Berlin!"

Annika stod länge och väl framför skyltarna med berättelsen om mamman med barnet i shoppingvagnen. Hon var så trollbunden att hon inte hörde mig, när jag försökte visa henne på andra spännande saker:

"Titta, Annika – där klämdes en karl ner bakom bensintanken i världens minsta bil. Hur fick han plats? Men han blev inte upptäckt. Han kom undan!"

"Det är så varmt här, Jesper. Jag känner mig sömnig."

Till sist fick jag ändå Annika att röra på sig. Jag sprang före och pekade.

"Där...! En hel stor luftballong – som folk sydde ihop och svävade i väg på rymmen med!Oj oj oj! Och se på den flygapparaten, Annika! Den är inte stor.Som en motorcykel bara, med vingar. I den flög en kille över muren, med sin tjej!"

"Hur vågade dom?" sa hon trött. "Det var ju soldater som jagade dom!"

"Det står här. Många klarade inte att ta sig över muren utan blev skjutna. Men dom här bilderna då, Annika! Dom är tagna inifrån en hundra meter lång tunnel under muren! Ser du ansiktena på folk? Det är svårt att andas under jord! Först grävde dom, sen rymde! Vet du hur mycket grus och jord dom fick ta ut? Tonvis!! Flera dussinmänniskor kröp till Väst genom den tunneln. Fast några blev gripna också, och sattes i fängelse i flera år!"

"Jag vill inte höra mer, Jesper! Jag blir alldeles snurrig i bollen!"

Annika blev efter igen. Nu hade jag inte tid att vänta på henne. Det var så mycket jag ville titta på. Snart såg jag henne inte längre.

Till slut försvann hon helt. Vi fick ta hjälp av en vaktmästare för att hitta henne. Hon låg och sov under en av personbilarna som folk hade kommit undan i.Den som var klädd med pansarplåt. Annika var jättesvår att väcka. Påstod att "det var kvavt i bagen". Vad hade hon varit med om?

Annikes flykt

Mamma tog mig hårt om axlarna och tittade mig djupt i ögonen. Som hon brukade när hon var allvarlig.

"Det jag säger till dig nu är hemligt, Annike! Du får inte prata om det med dina kamrater. Absolut inte med nån vuxen heller."

"Vad är det, mamma?"

"Vi ska fly från Östberlin."

"Vart då?"

Jag är 9 år. Jag är ingen stor flicka. Långt ljusrött hår har jag. Axlarna är breda, bröstet platt. Min stjärt är liten, men armarna är långa! Benen ännu längre!

Mamma heter Lise. Hon är lika mager som jag. Hon har blont hår och grå ögon. Hon målar sin mun röd varje morgon och skrattar med den så ofta hon kan. Men ibland på kvällarna gråter hon. Då kryper jag in i hennes famn och håller om henne.

Någon pappa har jag inte, har aldrig haft. Du har en men han bor visst i Amerika, har mamma sagt. Inget mer. Jag har aldrig fått ens något brev från honom.

Är jag verkligen Annike – som är utan pappa? Som talar tyska, går i statens gymnastikskola i Östberlin? Ibland tror jag att alltihop bara är en dröm. Att jag egentligen bor i ett helt annat land.

Mamma sa: "Om en vecka har jag ordnat allt. Då ska vi ta oss över gränsen."

Vi bodde vid en liten bakgata nära Bebelsplatz. I en lägenhet på ett rum. Inte så liten ändå, och med fönster utåt gatan. Men hemskt kall. Jag frös nästan alltid, även när kaminen glödde. Mamma påstod att alla bostadshus i öst var dåligt isolerade. Det här var den finaste delen av Östberlin, brukade hon säga. Om man nu kunde tala om nån fin del. I närheten låg i alla fall de elegantaste teatrarna, vackraste kyrkorna och pampigaste statliga byggnaderna.

Ändå ville hon inte bo kvar! Mamma sa till mig:

"Jag försöker ordna en bättre bostad för oss. Mer behöver du inte veta. Om någon skulle fråga dig..."

Hon fortsatte att vara hemlighetsfull. Jag förstod att hon var rädd för att jag skulle prata bredvid mun, med någon kamrat som jag träffade i partiskolan, eller i träningshallen. Att kamraten skulle föra det vidare till sina föräldrar.

Mamma plockade fram det finaste hon hade ur gömmena, smycken och silverskedar, och putsade dem. Hon sålde några också några möbler och mattor. Jag förstod att hon behövde skaffa så mycket pengar hon kunde. Mamma hade små inkomster, för hon var förtidspensionär. Hon hade jobbat i byggbranschen och varit en mönsterarbeterska. Jag hade en bild av henne från tidningen. På den fick hon medalj av staten för sitt arbete.

Men hennes rygg hade börjat värka hemskt. Den gick nästan av, när hon tog i något, sa hon. Så nu kunde hon inte arbeta. Fick sjuklön av staten i stället. Jag tyckte att det var snällt av staten. Men mamma bara fnyste och sa att det var alldeles för lite pengar.

Jag fattade att det skulle kosta att fly. Mamma verkade gissa mina tankar. För hon sa:

"När vi kommer fram dit vi ska, måste vi betala för oss. Men det är det värt. Förstår du det, Annike – det är det värt!"

Mamma hade bestämt att vi skulle lämna Östberlin. Men hur trodde hon att jag skulle komma ut? Hon själv kunde nog. För hon som var pensionär hade ett pass, som lät henne gå över till den andra delen av staden – Västberlin. Visserligen bara en gång i månaden, och över dagen. Men mig fick hon inte ta med sig. När vi kom till gränsen, skulle polisen säkert stoppa mig.

Ändå förstod jag att det var till ett sådant övergångsställe mellan Öst- och Västberlin, som mamma tänkte gå, och ha mig med sig.

"Det finns flera. Men jag har bestämt mig för det vid Friedrichsstrasse, Annike", sa hon. "Det finns andra som är närmare. Men vid Friedrichsstrasse..."

"... det som de kallar Checkpoint Charlie?"

"...där passerar mest folk", sa mamma. "Vi tar chansen att *vopos*, folkpoliserna, inte har tid att kolla just mig."

"Ska vi åka spårvagn eller tunnelbana?"

"Jag tänker promenera", sa mamma. "Och dra min shoppingvagn med mig. Det är lång väg. Men vi märks minst då. Jag går först till Gendarmerplatz. Den är platt och lätt att få med sig vagnen över."

Hur skulle hon få ut mig ur Östberlin? Jag förstod det inte. Men en dag visade hon mig.

"Kom här, Annike. Till min shoppingkärra. Vi ska lyfta ner dig i den."

Shoppingvagnen var gjord av grönt smärtingtyg, starkt och regntåligt.Med två hjul längst ner, och ett rejält handtag. Den var tillräcklig för att packa matvaror i. I våra affärer fanns inte så många varor heller, brukade mamma säga. Så vagnen räckte mer än väl för att handla.

Men den kunde väl inte rymma mig! Vad skulle jag ner i den för?! Både jag, armarna och benen skulle absolut inte få plats i den kärran!

"Ska du stänga till? Jag vill inte, jag vill inte!"

"Jag måste stänga häruppe. Annars sticker ditt hår upp som en eldslåga. Var inte rädd, Annike. Det kommer att gå bra."

Mamma Lise var cool. Det kunde hon verkligen vara!

Jag vek ihop benen som ett dragspel och böjde på nacken. Mamma puttade på mig, och tryckte. Hon är stark, i allt utom ryggen.

Faktiskt kom jag ner i bagagevagnen.Lise knäppte igen låset på utsidan också.Nu satt jag inpackad. Jag kunde inte komma ut. Hjälp! Jag skrek, förstås. Tänkte: Jag vill inte kvävas! Jag får panik i kolmörkret om jag måste vara här ens en halv minut!

Men på två ställen hade mamma klippt bort bitar av smärtingtyget. I stället sytt dit grönt myggnät. Jag fick se senare, att man inte märkte hålen utifrån. Men de släppte in luft så man kunde andas, och det sipprade in ljus i vagnen.

”Du ska inte behöva vara därinne så länge”, sa mamma. ”Allra högst en timme.” Jag kände att hon tog tag i vagnen och drog den prövande över golvet, och lyfte den över ett par trösklar.

”När ska jag sitta en timme här? Nu?”

”Nej”, sa mamma. ”Du har varit duktig, Annike. Och jag tror att vagnen blir bra.”Hon öppnade regeln och släppte ut mig ur bagagevagnen. Hon tog mig hårt om armarna igen.

”Om en vecka har jag ordnat allt. Då ska vi ta oss över.”

Nu var dagen inne. Fredag. Mamma Lise hade sagt: På fredag är det mest folk och bilar ute. Som skymmer vakterna.

Hon hade plockat ihop en ryggsäck. Det var egentligen förbjudet. Man fick inte bära något extra med sig, när man gick över gränsen. Då misstänkte de en för flykt. Men Lise måste ha några saker för henne och mig. I bagagekärran fanns ju inte plats – där skulle ju jag hålla till!

Halv tolv startade vi. Mamma gick en sista gång genom lägenheten och tittade. Den var välstädad. Hon visste ju inte vad som skulle bli av den. Men hon ville lämna den snygg.

Jag kröp ner i kärran. Hon stängde locket. Numera hade jag övat mig en del, och det kändes inte så farligt längre. Jag skulle inte få panik. Men efter ett tag skulle det nog börja värka i benen.

Det gick inte att släpa vagnen nerför de två trapporna. Så mamma fick bära den. Vi kom ut på gatan. Nu hörde jag alla ljuden: slamret från en gatuborr, folk som ropade något. Där var andra ljud också, som jag inte kunde tyda. Men jag fick ju inte fråga mamma. Hon rullade vagnen över trottoaren. Det hoppade och skakade, men inte så farligt.

Jag hörde hundskall och gläfs. Då visste jag. Vi var vid slaktarns på Französicher Strasse. Där stod alltid hundar bundna utanför. Genom kärrans lufthål kände jag doften av korv och kött, till och med.

Nu hörde jag någon ropa på mamma. En kvinnas röst.

"Fru Barthel… kamrat Lise… Hallå…!"

Lise Barthel, det var mamma, det. Mamma vände bagen med mig i och rullade bort mot mataffären.

"God dag, fru Barthel. Har ni hittat något?" frågade den andra kvinnan. "Är väskan full med god mat?"

Nu kände jag igen rösten. Den tillhörde fru Trepitz. En stor och kraftig dam. Hon var gift med vice partiledaren i stadsdelen.

"Ja… nej…", svarade mamma. "Kanske småningom. Vi … jag… är just på väg ut för att handla…" Mamma lät lite rädd på rösten. Fast hon försökte behärska sig.

"Jag ville bara påminna om frivilliga partimötet för kvinnor i kväll", sa fru Trepitz. "Min man ska tala om 'Vad föräldrar bör lära sina barn om det ärorika kommunistiska partiet'. Klockan 8. I distriktslokalerna."

"Ja jag kommer", sa mamma. "Nu måste vi… jag… i väg innan allt tar slut i affärerna."

Mamma ljög, så klart. Hon tänkte inte alls gå på något partimöte. Och fru Barthel blev nog arg när mamma nämnde att allt kunde ta slut i mataffärerna.Sånt ville inte ledarna höra talas om. Fast det var sant.

Nu drog mamma i väg med bagen igen. ”Åh vilken satkäring”, hörde jag henne mumla.

Hon vek av. Vi kom in på Gendarmerplatz. Det kändes direkt, för ”golvet” blev slätare och jämnare. Kärran rullade över de fina marmorplattorna.Och nu ringde just *carillonen*, klockspelet, från Französicher Dôm, ut att klockan var 12. Det var alltid lika fint med de 60 klockornas plinganden. Jag kände mig vemodig där jag låg. Annike, tänkte jag – ska du aldrig få höra dem igen?

Vart var vi på väg? Jag kom ihåg att mamma hade sagt: Bakom dômen sneddar jag över till Charlottenstrasse. Den går nästan raka vägen ner till Checkpoint Charlie. Det var det hon höll på att göra nu.

Där skulle det inte bli så lätt längre, visste jag. Lise, min mamma, måste lyfta vagnen över en massa kantstenar. Det var också hål i trottoaren på många ställen, där de sovjetiska tanksen hade kört.

Kom ihåg, Annike, hade Lise sagt till mig. Även om kärran slår hårt i en sten, eller till och med välter i någon grop – så får du inte skrika. Det finns poliser och... annat folk över allt, som kan höra dig. Även om det gör ont måste du bita ihop. Inte ge ett ljud ifrån dig. Annars upptäcker de oss."

"Får jag inte komma tillbaka till skolan, då?"

"Vi åker i fängelse. De kanske till och med skjuter på oss. Förstår du det – om du ger ett ljud ifrån dig, kan vi vara dödens...!"

Nu var vi vid Charlottenstrasse. Precis som mamma hade känt på sig, fanns det vakter där. Jag hörde röster av många. Det var soldater och folkpoliser. Jag hörde tunga motorljud. De kunde komma från en sovjetisk pansarvagn. De stod däribland, flera stycken, med sina kanonrör riktade längs muren. Jag visste att de hade skjutit många som försökt fly över. Kompisar hade berättat. Mamma och jag talade aldrig om det.

Nu hände det som inte fick hända. Mamma såg sig inte för, i rädslan. Bagagekärrans ena hjul gick ner i ett hål i trottoaren och välte.

Jag skrek till.

Var vi upptäcka nu? Skulle ryssarna skjuta på mamma och bagen? Skulle vopos komma rusande, slita upp mig och kasta mig i arresten? Med hjärtat i halsgropen kände jag, hur mamma reste upp och rullade vidare med kärran.

Efter en stund stannade hon. Jag hörde hur hon satte sig, på en bänk vid trottoaren. Hon viskade till mig: "Det är lugnt. Här finns inga vakter. Nu är det bara ett par hundra meter kvar."

"Jag kunde inte hålla mig från att skrika", sa jag skuldmedvetet.

"Jag vet", sa mamma. "Jag hörde dig. Men kanonvagnens motor bullrade så högt, att ingen annan gjorde det. Jag måste vila benen lite."

Jag satt tyst en stund. Så sa jag:

"Mamma..."

"Vad är det du vill, Annike? Klämmer det?"

"Ska vi inte gå hem nu, i stället?Och så... går du själv över en annan dag. Bara du."

"Du är tokig, min flicka."

"Det här är för farligt för dig, mamma... Om vi åker fast, hamnar du i fängelse. Tio år, och kanske mer!"

"Än du då!?"

"Det är bättre att du går över ensam. Du har ju pass och har rätt till det en gång i månaden. Det är när du har med mig i kärran, som det blir farligt."

"Och du?"

"Jag fortsätter gå i min skola. Jag ska ju få tävla när jag blir 17. Kanske bli olympisk guldmedaljör. Det har dom sagt."

"Du förstår inte, Annike. När vi kommer över till väst tillsammans, blir vi fria.Ingen som befaller över oss, förtrycker oss. Livet blir mycket bättre!"

"Finns inga baggar i potatisen, där i väst?"

Vad Annike syftade på var att potatisen i Östberlin ofta var skorvig och smakade dåligt. De styrande i öst sa att flygplan från USA hade släppt ner skadedjur, baggar, från luften. Baggarna angrep potatisen. Det var som hämnd för att kommunisterna hade ordnat det så bra för människorna i Östberlin och Östtyskland.

"Om vi går över till Västberlin – kan jag bli olympier i gymnastik då också?" Lise svarade inte.

Det var hårt att leva i Östberlin. Kallt i bostäderna, ofta ont om mat. De styrande satte folk i fängelse utan anledning. I väst, dit mamman längtade, var det också besvärligt. Inte alltid så lätt klara sig. Men det fanns frihet. Ingen annan bestämde hur man skulle tänka, och vara.

"När jag blir stor och tävlar i olympiaden, mamma. Då kan du komma och titta på mig."

"Ja min flicka", sa hon. "Det ska jag göra."

Lise satt en stund till, och funderade. Folk sprang förbi hela tiden på trottoaren. Men ingen brydde sig om henne och hennes kärra. Hundra meter ner längs gatan såg hon Checkpoint Charlie skymta. Med sitt vakttorn, sandsäcksmurarna och spärrbommarna.

Skulle Lise strunta i vad dottern sa och ändå dra henne över gränsen? Ta risken att folkpoliserna grep dem? Lita på att när Annike blev vuxnare, skulle hon förstå. Varför det hade varit bäst att fly. Att orättvisa, ofrihet och förtryck rådde i öst, även om man lyckades bli olympier i gymnastik och idrott.

Men – hur skulle hon kunna förklara det för sin dotter? Man fick inte ens prata om sådana saker. För då var man olydig mot dem som styrde.

Kanske kunde hon ändå få Annike att be-
gripa.Och då – kunde de fly tillsammans över
gränsen. En annan dag.

Lise reste sig.

”Då går vi till mataffären vid Bebelsmarkt i stäl-
let”, sa hon. ”Och ser om dom har fått in nån
potatis...”

Slutet på historien – hos sömmerskan

Några dagar efter det att vi hade kommit hem till Sverige igen, skickade mamma mig, Jesper, till en sömmerska i grannskapet. Jag skulle hämta en blus som hon hade lämnat in för ändring.

När jag kom in i syateljén, stod en flicka i min ålder där. Det var ju inget konstigt. Men utseendet! Hon hade krulligt hår och böjd näsa. Såg på pricken ut som Ljubljana – ni vet hon som tråcklade ihop kaptensuniformen åt skomakaren i Köpenick.

”Det är mitt kusinbarn från Berlin”, sa sömmerskan. ”Hon har kommit för att bo här ett tag.” Hon blinkade mot mig. ”Ludmilla heter hon. Och kanske behöver hon en pojkvän så småningom…!”

Under hemresan hade Annika varit väldigt tyst. Småningom fick pappa henne att berätta om vad hon hade varit med om. Sin dröm alltså. Hur hon varit Annike i Östberlin, med mamman Lise som ville rymma med henne över till väst, och friheten. Men hur Annike hade bestämt sig för att stanna. För att kunna bli olympisk mästarinna i gymnastik.Lotta klappade sin dotter på kinden.

"Det var en allvarlig dröm. En sorts sanndröm. Men om du, Annika, ska vinna en guldmedalj, får du sätta i gång och träna genast. Och sluta med godis. Så du blir av med några kilon…"

***